GULLIVER

294

Christine Nöstlinger

Der TV-Karl

Aus dem Tagebuch des Anton M.,
aufgefunden bei der endgültigen
Räumung der Wohnung der Anna M.,
in Kleinfrasdorf

Bilder von Jutta Bauer

EIN **GULLIVER** VON **BELTZ & GELBERG**

Ebwnfalls lieferbar:
»Der TV-Karl« im Unterricht
ISBN 978-3-407-62571-7
Beltz Medien-Service, Postfach 100565, 69445 Weinheim
Kostenloser Download: www.beltz.de/lehrer

www.gulliver-welten.de
Gulliver 294

Neue Rechtschreibung
Markenkonzept: Groothuis, Lohfert, Consorten, Hamburg
Einbandgestaltung: Max Bartholl
Einbandbild: Jutta Bauer
Gesamtherstellung: Beltz Druckpartner, Hemsbach
Printed in Germany
ISBN 978-3-407-78294-6
10 11 12 13 12 11

7. 1.

Bin komplett durcheinander! Habe bei mir im Zimmer ferngeschaut, habe vom ersten Programm, vom Tennis, aufs zweite, auf einen Liebesfilm, geschaltet, da ist plötzlich eine Biene um meinen Kopf herumgeflogen. Mitten im Winter eine Biene! Und eine gewaltig große noch dazu! Das Biest hat sich auf die Fernbedienung gesetzt, direkt neben meinen Daumen. Weil ich auf Bienengift allergisch bin, bin ich sehr erschrocken und habe die Fernbedienung weggeschleudert. Sie ist gegen die Wand gesaust, zu Boden gefallen und kaputtgegangen. Aber nur äußerlich. Die Deckplatte ist abgegangen und in viele Teile

zerbrochen. Wo die Biene hingekommen ist, weiß ich nicht. Von der war nichts mehr zu sehen und zu hören.
Wie ich dann ausprobiert habe, ob die Fernbedienung auch ohne Deckplatte funktioniert, habe ich unten, wo sonst keine Tasten mehr sind, einen blauen Knopf entdeckt. Einen, für den im Deckel gar kein Loch gewesen ist.
Ohne mir viel zu denken, habe ich den blauen Knopf gedrückt. Die Tennisspieler sind vom Bildschirm verschwunden, es hat schwarzweiß geflimmert, es hat bunt geflimmert, dann ist ein Zimmer zu sehen gewesen. Mit einem Sofa darin. Darauf ist ein Mann gelegen, der hat in einem Buch gelesen.
»Gibt's ja nicht«, habe ich gemurmelt, weil es technisch unmöglich ist, bei uns ein drittes Programm zu empfangen. Wir sind nicht verkabelt und haben auch keine Satellitenantenne.
Da hat der Mann auf dem Bildschirm das Buch zugeklappt und gesagt: »Ich bin der Karl.« Und gleich darauf: »Ist doch netter, wenn Fernsehen keine so einseitige Angelegenheit ist.« Und dann: »Bin froh, dass du endlich den blauen Knopf gefunden hast.« Und schließlich: »Wenn du mich nicht haben willst, musst du bloß noch einmal drücken.«
Ich war so fix und fertig, dass ich den blauen Knopf gedrückt habe. Wieder ohne viel zu denken. Es flimmerte bunt, es flimmerte schwarzweiß, dann waren die Tennisspieler wieder da.
Nun hocke ich seit Stunden vor dem TV herum und versuche, den blauen Knopf noch einmal zu drücken. Aber irgendetwas in mir sträubt sich. Hundert Mal habe ich es versucht, aber jedes Mal zuckt mein Finger zurück.

8.1.

Vergangene Nacht, nach einem sehr wirren Traum, bin ich aufgewacht. Meine Eltern waren im Wohnzimmer drüben und haben laut gestritten. Ich habe mir gedacht: Vorläufig werden die keine Ruhe geben, und da ist an Wiedereinschlafen ohnehin nicht zu denken!

So habe ich das Fernsehen aufgedreht.

Auf dem einen Sender war überhaupt kein Programm mehr, auf dem anderen Sender war ein Geigenkonzert.

Jetzt oder nie, habe ich mir gedacht und habe den blauen Knopf gedrückt. Es flimmerte schwarzweiß, es flimmerte bunt, dann war das Zimmer wieder da. Ziemlich düster war es im Zimmer. Bloß eine kleine Leselampe brannte neben dem Sofa. Der Mann lag auf dem Sofa und schlief. Mit einer karierten Decke war er zugedeckt. Ich schaute mir den Mann lange an. Zum Fürchten schaute er nicht aus. Gern hätte ich mit ihm

geredet, aber ihn aufzuwecken, wagte ich nicht. Außerdem hörte ich Schritte im Vorzimmer. Das war mein Vater. Ich dachte mir: Könnte leicht sein, dass der zu mir ins Zimmer hereinschaut, um zu sehen, ob ich vom lauten Streit munter geworden bin!

So drehte ich schnell den Fernseher ab. Eigentlich wollte ich bloß warten, bis meine Eltern im Bett sind, und mir dann den Mann wieder anschauen.

Aber dann kam auch meine Mutter ins Vorzimmer und der Streit ging im Vorzimmer weiter. Ewig lange! Da muss ich dann eingeschlafen sein.

Heute Abend wird mein Vater zum Stammtisch gehen. Und meine Mutter wird eine Freundin besuchen. Wenn sie weg sind, werde ich den blauen Knopf drücken. Es ist sicher besser, wenn ich beim ersten Kontakt mit dem Mann völlig ungestört bin.

9.1.

Kontakt geglückt!
Habe stundenlang, bis meine Mutter heimgekommen ist, mit dem Karl geredet. War, als ob ich ihn schon ewig und immer kennen würde. Habe ihm versprochen, dass ich ihn geheim halte. Will ihn sowieso mit niemandem teilen!

12.1.

Teilen will ich den Karl wirklich mit keinem Menschen, aber die Geheimhaltung fällt mir auch nicht ganz leicht.
Wenn einem so eine Sache passiert, ist man irgendwie ziemlich piff-paff und möchte doch mit jemandem, wenigstens andeutungsweise, darüber reden.
So habe ich heute zu meiner Mutter gesagt: »Du, glaubst du eigentlich an Dinge, die es gar nicht geben kann?«
Wie ich sie das gefragt habe, war sie gerade in der Küche und hat in unserem Vorratsschrank herumgeräumt und herumgewischt.
Sie hat geantwortet, dass das eine dumme Frage sei. Weil der, der an etwas glaubt, ja fest davon überzeugt ist, dass es das gibt, woran er glaubt. »Aber«, hat sie dann gesagt, »ich glaube schon an ein paar Dinge, von denen andere Leute behaupten, dass es sie nicht gibt!«
Ich habe gedacht, jetzt wird sich gleich ein gutes Gespräch zwischen uns ergeben, aber da hat meine Mutter in einer Packung Haferflocken zwei eklige Würmer entdeckt und hat »igittigitt« geschrien und die Haferflocken in den Abfall geworfen

und geflucht, dass der ganze Biokram ein Teufelszeug und voller Insekten ist. Und dass sie da lieber wieder auf die Chemie umsteigt! Ich habe sie gefragt, welche Sachen das denn sind, an die sie glaubt, obwohl andere Leute diese Sachen für unmöglich halten. »Wie? Was?«, hat sie zurückgefragt. Sie hat gar nicht mehr gewusst, wovon wir vor den Würmern in den Haferflocken geredet hatten.

Da habe ich es aufgegeben. Eine Frau, die wegen zwei kleinen Ringelwürmern ganz wesentliche Sachen vergisst, ist für ein Gespräch, wie ich es vorhatte, wirklich nicht zu brauchen.

28.1.

Wenn meine Eltern daheim sind, kann ich leider oft mit dem Karl nur flüstern. Nur wenn sie im Wohnzimmer sind, können wir richtig laut miteinander reden. Aber so gut schließen unsere Zimmertüren nicht, dass der Karl geheim bliebe, wenn meine Mutter im Vorzimmer ist oder mein Vater in der Küche steht und ein Bier trinkt. Das tut er immer in der Küche. Gleich beim Eisschrank. Damit ihm meine Mutter nicht vorhält, dass er sich einen Bierbauch ansäuft.

Heute habe ich versucht, dem Karl den Ton wegzudrücken und von seinen Lippen zu lesen. Und ich habe ihn auch tonlos angeredet.

Leider haben wir uns gegenseitig nicht verstanden. Das Lippenlesen muss man wohl lange üben. Außerdem wäre es ohnehin nur halb so gut, mit dem Karl tonlos zu verkehren. Ich habe seine

Stimme unheimlich gern. Sie ist ganz tief und richtig samtig. Manche Wörter spricht der Karl ein klein bisschen merkwürdig aus. So, als ob er ein Ausländer wäre, der sehr gut Deutsch kann, aber eine andere Muttersprache hat. Das »r« rollt er zum Beispiel ganz gewaltig.
Ich habe ihn gefragt, ob er ein Ausländer ist.
Er hat gelacht und zurückgefragt: »Hier? Oder anderswo?«
Da habe ich nicht weiter gebohrt. Weil, das ist so seine Art, mir zu sagen, dass er keine Auskunft erteilen will.
Wenn ich ihn gefragt hätte, ob er ein Inländer ist, hätte er wohl auch zurückgefragt: Hier oder anderswo?
Aber ein Unterschied wäre da schon! Weil es Menschen gibt, die nirgendwo Inländer sind. Die sind überall Ausländer. Weil sie staatenlos sind.
Jemand, der überall Inländer und nirgendwo Ausländer ist, existiert nicht.
Oder doch? Vielleicht ist der Karl so einer?

9.2.

Also, ein Ausländer kann der Karl wirklich nicht sein!
Heute hat er mir den Deutschaufsatz verbessert und ihn korrigiert wie der Herr Duden persönlich! Und zu jedem Fehler, den ich gemacht habe, hat er mir eine ellenlange *Warum*-Erklärung geliefert. Aber nicht so eine langweilige wie die, die unser Deutschlehrer runterbetet.
Direkt spannend war das!

PS

Dass der Karl wegen seiner perfekten deutschen Grammatikkenntnisse ein Inländer sein muss, ist auch ein Holler!

Gerade hat er mir die englischen Sätze diktiert. In Englisch ist er auch perfekt. Und es tut ihm leid, dass ich nicht Französisch in der Schule habe, hat er gesagt. Das ist nämlich seine Lieblingssprache. Und Spanisch, hat er gesagt, mag er auch gern!

Ich habe ihn arg bewundert deswegen. Aber er hat gesagt, das sei ganz normal für ihn, wo im Fernsehen doch fast alle Filme synchronisiert werden müssen. Mehr hat er natürlich wieder nicht verraten. Ich habe gemerkt, dass es ihm unangenehm war, das überhaupt gesagt zu haben.

16. 2.

Der Karl ist einfach Spitze! Ein wirklicher Glücksfall für mich! Seit fast fünf Wochen läuft er jetzt bei mir rund um die Uhr und ist nie grantig und ist immer voll für mich da. Alle Hausübungen sagte er mir völlig fehlerfrei an! Jede Menge »sehr gut« hat er mir schon eingebracht. Meine Lehrer sind ganz begeistert von mir. Ob ich Nachhilfe habe, hat mich unser Klassenvorstand gefragt. Ich habe »ja« gesagt. Der Edi wollte, dass ich ihm die Telefonnummer von meinem Nachhilfelehrer gebe. Er tät auch einen brauchen, hat er gemeint. Ich habe ihm vorge-

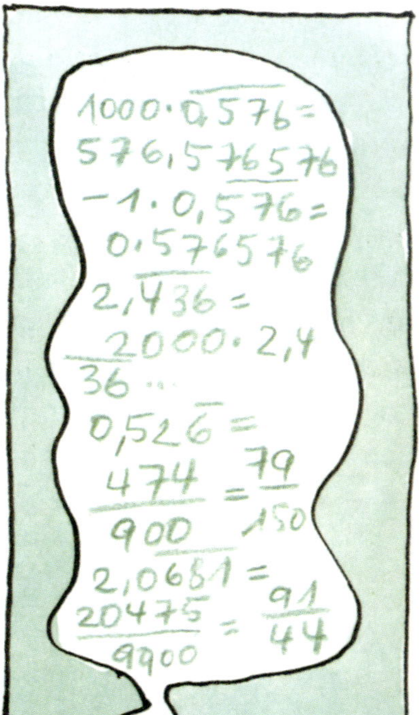

logen, dass mein Nachhilfelehrer schon total ausgebucht ist. Anscheinend hat er mir das nicht geglaubt. Ich habe gehört, wie er zum Xandi gesagt hat: »Das blöde Strebschwein will bloß nicht, dass sich wer anderer auch verbessert!« Trottel, der!
Das Schönste am Karl ist aber, dass ich mit ihm einfach über alles reden kann. Nur darüber, wieso es ihn überhaupt gibt, will er nichts sagen. Aber Hauptsache, es gibt ihn!
»Genau!«, hat er gerade gesagt. Er schaut mir nämlich beim Schreiben über die Schulter.

NB
Ich habe dem Karl versprechen müssen, dass ich in der Nacht nicht mehr den blauen Knopf drücke. Beim Schlafen, hat er gesagt, will er ungestört sein.
Ich weiß nicht, ob ich das schaffe. Ich werde mich bemühen. Aber gerade in der Nacht habe ich so oft Sehnsucht nach ihm.

22. 2.

Ich habe mich gestern in der Nacht nicht an mein Versprechen gehalten und es gebrochen!
Gegen Mitternacht bin ich aufgewacht, weil ich dringend aufs Klo musste. Wahrscheinlich deswegen, weil ich nach dem Nachtmahl noch vier Dosen Cola getrunken habe. Meine Mutter und mein Vater waren nämlich nicht zu Hause, und da haben sie mir nicht verbieten können, ein zweites, ein drittes und ein viertes Cola aus dem Eisschrank zu holen. Und ich habe mir gedacht, das muss ich ausnutzen!
Wie ich, auf dem Weg zum Klo, durch unser Vorzimmer gehe, sehe ich, dass die Mäntel meiner Eltern noch immer nicht an der Garderobe hängen. Ich habe vorsichtig ins Schlafzimmer hineingeschaut, aber das Ehebett war auch leer. Und im Wohnzimmer die Sitzbank ebenfalls. Dort übernachtet mein Vater manchmal, wenn er vorher mit meiner Mutter sehr arg gestritten hat.
Ganz allein war ich also in der Wohnung. Das bin ich ja öfter. Auch in der Nacht. Aber gestern hat es plötzlich so geknackt und geknorzt und geknarrt. Es war sicher nur der alte Holzfußboden im Wohnzimmer, doch ich habe Angst bekommen. Und die Angst ist immer größer geworden. Mit Herzklopfen und Bauchziehen und Wackelbeinen.
Ich bin in mein Zimmer zurück und habe den Karl aufgedreht. Die Farbe habe ich ihm ganz weggenommen und die Helligkeit auch.

Der Karl ist nicht munter geworden. Das habe ich an seinem leisen, samtigen Schnarchen gehört.
Mit der Fernbedienung in der Hand bin ich dann eingeschlafen. Wahrscheinlich habe ich im Schlaf den blauen Knopf gedrückt. Heute am Morgen jedenfalls war der Fernseher ausgeschaltet.

27.2.

Immer, wenn ich den Karl frage, wieso es ihn eigentlich gibt, macht er auf Bildstörung. Und wenn ich nicht locker lasse, passiert ein totaler Bildausfall.
Ich weiß nicht, ob er nichts sagen will oder nichts sagen darf. Aber ich frage lieber gar nicht mehr nach, sonst bleibt am Ende noch der Bildausfall ein ewiger.

2.3.

Nicht einmal sein Alter will mir der Karl verraten. Da albert er bloß herum, sagt einmal »zwanzig«, einmal »hundertzehn« und einmal »weiß nimmer«. Fast könnte man ihm das glauben. Heute, als ich ihn zu Mittag, nach der Schule, aufgedreht habe, habe ich mir gedacht: Wie ein Opa schaut er aus!
Heute am Nachmittag hat er dann aber wie der Sohn vom Opa ausgeschaut. Oder noch jünger.
Ich bin aber im Schätzen von Lebensjahren überhaupt nicht

gut. Ich habe ja auch gedacht, dass die Mutter von der Sissi nur halb so alt wie meine ist. Mensch, war da meine Mutter vielleicht beleidigt! Sie hat gesagt, wenn sie so ein leichtes Leben hätte wie dieser Trampel von einer Sissi-Mutter, dann würde sie auch jünger aussehen.
Ob der Karl ein leichtes oder ein schweres Leben hat, weiß ich nicht. Essen habe ich ihn noch nie gesehen. Zur Arbeit kann er auch nicht gehen. Er ist ja immer daheim, wenn ich den blauen Knopf drücke.
Hoffentlich ist er nicht krank. Leute, die immer auf dem Sofa liegen, sind üblicherweise ja krank.
Aber egal, ob der Karl gerade alt oder jung ausschaut, krank schaut er nicht aus. Und wenn man ihn fragt, wie es ihm geht, so sagt er immer: »Danke, gut!« Ganz ohne Seufzer oder so was! Total ehrlich klingt es.

15.3.

Heute war der Karl böse auf mich, weil ich mit der Farbstärketaste herumgespielt und sein Gesicht abwechselnd leintuchbleich und indianerrot gefärbt habe. Und damit nicht aufgehört habe, obwohl er »lass das« gesagt hat.
Er ist aus seinem Zimmer gegangen und hat die Tür hinter sich zugeknallt.
Da ist mir das Herz fast stehen geblieben! Ohne ihn, habe ich gemerkt, könnte ich gar nicht mehr sein. Richtig hysterisch bin ich geworden. Zum Fernseher bin ich hin und hab oben draufgeschlagen und gebrüllt: »Komm wieder! Ich brauch dich!«

Der Karl hat gemerkt, wie verzweifelt ich bin. Gleich ist er wieder hereingekommen. Und ich hab ihm geschworen, dass ich ihn nie mehr mit dem Farbknopf ärgere.
Ich hätte es ja auch nie im Leben getan, wenn ich gewusst hätte, dass dem Karl heiß und kalt wird, wenn ich ihn umfärbe.

20.3.

Heute, vor dem Nachtmahl, ist etwas Komisches passiert: Ich liege auf meinem Bett, der Karl liegt auf seinem Sofa, wir reden gerade darüber, ob sich Ehepaare, die dauernd streiten müssen, nicht besser trennen sollten, da kommt meine Mutter ins Zimmer herein. Sie schaut ganz böse und schimpft, dass ich eine »Sauwirtschaft« habe. Und ich habe die Fernbedienung gerade nicht in Reichweite, um den Karl wegzudrücken! Der hat natürlich sofort zu reden aufgehört, wie meine Mutter hereingekommen ist, und liegt nun stocksteif auf dem Sofa. Meine Mutter schaut aber ohnehin nicht zum Fernseher hin. Sie grapscht sich meinen Papierkorb und stopft alles, was auf dem Boden liegt, hinein. Meine Physik-Zettelarbeit und den Brief von Oma auch. Dabei keift sie: »Ganz der Vater! Genauso ein schlampiger Dreckfink!«
Ich springe auf, weil ich nicht einsehe, dass ich auslöffeln muss, was ihr mein Vater eingebrockt hat. Immer muss sie ihre Wut auf ihn an mir auslassen!
Ich reiße ihr den Papierkorb aus der Hand. Sie gibt mir eine Ohrfeige. Eine von der kräftigen Sorte.
Da sagt der Karl ganz laut: »Große, dicke Mütter, die kleine, dünne Kinder hauen, sind wirklich das Allerletzte, dreimal pfui über sie!«
Meine Mutter, die zu einer zweiten Ohrfeige ausholen will, lässt den Arm sinken und starrt den Karl an. Der setzt sich auf, verneigt sich und sagt: »Damit, liebe Kinder, sind wir am Ende der Kinderstunde angelangt und singen nun zum Abschied unser kleines Lieblingsliedchen.« Und dann singt er, reichlich

falsch und nach der Melodie von »O Tannenbaum«: »Pfui, Mutterfraun, pfui, Mutterfraun, die Kinder in die Goschen haun!«
Meine Mutter rennt ins Vorzimmer und ruft beim TV-Kundendienst an und beschwert sich über die »infame Sendung«, die gerade gelaufen ist. Gott sei Dank haben die aber auf Tonband geschaltet gehabt. Es hat sie also keiner darüber aufklären können, dass heute gar keine Kinderstunde im Programm ist.
Ich muss sagen: Das war die lustigste Ohrfeige, die ich bisher in meinem ganzen Leben bekommen habe!

24. 3.

Die falsche Kinderstunde hat ein Nachspiel gehabt. Die Lore und die Käthe, die zwei Freundinnen meiner Mutter, sind gestern am Abend zum Tarockspiel gekommen. Meine Mutter hat ihnen von der »infamen Kinderstunde« erzählt.
Da hat die Lore drauf gesagt: »Zu blöde, dass ich das nicht gesehen habe. Ich habe mir die Serie im zweiten Programm angeschaut, die mit der Sklavin!«
Worauf die Käthe gesagt hat: »Aber ich habe das erste Programm angehabt! Beim Bügeln schaue ich immer fern. Da war keine Kinderstunde, da war der französische Koch, der berühmte!«
Die Mama muss sich in der Zeit irren, haben sie gesagt.
Meine Mutter hat natürlich widersprochen! Sie ist doch nicht blöde, hat sie gesagt. Sie weiß genau, dass diese Kinderstunde

um 19 Uhr zu Ende war! Sie hat auf die Uhr gesehen, während sie sich telefonisch beim Kundendienst beschwert hat.
Kopfschüttelnd haben die Lore und die Käthe unser Fernsehprogramm genommen und der Mama gezeigt, dass gestern überhaupt keine Kinderstunde im Programm war. Aber meine Mutter hat darauf beharrt, dass da eine Kinderstunde gewesen ist. Sie ist ja nicht blöd, hat sie wiederholt! Sie weiß doch, was sie vor zwei Stunden mit eigenen Augen gesehen und mit eigenen Ohren gehört hat. Mich hat sie als Zeugen herbeigerufen. Bevor ich mir noch recht überlegt hatte, was ich denn sagen soll, hat aber die Lore gesagt: »Berta, es ist lächerlich, dass du immer so stur bist und felsenfest auf einem Unsinn beharrst!«
Und die Käthe hat hinzugefügt: »Das ist doch kindisch!«
Und da hat meine Mutter gesagt, sie sollen gehen. Solche Freundinnen braucht sie nicht. Und die zwei sind abmarschiert und haben gesagt, dass meine Mutter schon langsam »komisch« wird. Und immer komischer!

7.4.

Gerade wollte der Karl von mir wissen, wieso ich eigentlich keine Freunde habe. Ich habe es ihm nicht erklären können. Ich bin einfach kein beliebtes Kind. Der Karl meint, das rede ich mir bloß ein. Und weil ich selber davon überzeugt bin, glauben es die anderen auch. Er will mich sicher nur trösten.
Aber seit ich ihn habe, brauche ich keinen Trost deswegen. So einen guten Freund wie den Karl gibt es unter den Kindern, die ich kenne, überhaupt nicht.

20. 4.

Der Karl hat heute gemeint, dass ich ihn viel zu oft anknipse. Ihn stört es nicht, hat er gesagt, aber ich, befürchtet er, werde zu »fixiert« auf ihn.

Ich soll lieber im Park Rad fahren und mir die Frühlingssonne auf die Nase scheinen lassen. Oder ins Schwimmbad gehen. Und Rückenkraulen trainieren. (Ich habe dem Karl nämlich einmal erzählt, dass ich im Rückenkraulen recht gut bin und der Schnellste in der Klasse.)

Aber Rückenkraulen ist langweilig! Auch wenn man dabei der Schnellste ist. Und Fahrrad habe ich keines mehr. Mein Fahrrad ist mir im vergangenen Sommer gestohlen worden. Ganz unverschämt aus dem Hausflur raus. Meine Mutter hat gesagt, das war meine eigene Schuld, weil ich das Fahrradschloss nicht draufgetan habe. Dabei habe ich es sowieso immer draufgetan. Nur dieses eine Mal nicht.

Ich wollte mir ja bloß aus der Wohnung eine dickere Jacke holen.
Jetzt sagt sie, sie kauft mir kein neues Fahrrad mehr, ich soll mir selbst eines zusammensparen. Vom Taschengeld. Das Taschengeld kriege ich von meinem Vater. Doch der hat schon zwei Monate vergessen, es auszuzahlen. Klar, ich könnte ihn daran erinnern. Aber dazu bin ich zu stolz!
Ab morgen werde ich aber doch versuchen, den Karl mehr in Ruhe zu lassen. Vielleicht war das mit dem »fixiert« nur eine Ausrede von ihm und ich gehe ihm doch auf die Nerven. Schließlich ist er ja auch ein Erwachsener, und die tun oft so. Meine Mutter sagt ebenfalls gern: »Das will ich nur zu deinem Besten!« Dabei will sie es in Wirklichkeit zu ihrem eigenen Besten.

30. 4.

Der Fernsehapparat meiner Eltern ist kaputt! Meine Mutter hat den meinen einfach ins Wohnzimmer hinübergeschoben. Und sich darüber aufgeregt, dass meine Fernbedienung keinen Deckel mehr hat.

Ich habe gezittert, dass sie den blauen Knopf entdeckt. Hat sie gottlob nicht! Aber den ganzen Abend hat mein Vater Sport geschaut. Und ich habe erst wieder mit dem Karl reden können, als meine Eltern schon im Bett waren. Ganz leise habe ich ihm zugeflüstert: »Morgen haben sie ihre Kiste wieder, bis dann, lieber Karl!«

Jetzt liege ich in meinem Bett, es ist schon Mitternacht und ich fühle mich innen ganz hohl. Ohne den Karl neben mir zu wissen, kann ich nicht mehr einschlafen. Und wenn ich den TV rüberhole, wachen meine Eltern auf und halten mich für komplett meschugge.

7. 5.

Heute hat sich der Karl Brösel vom Jackenaufschlag geputzt. Und auf dem einen Hosenbein hat er seit gestern einen rosabraunen Fleck, der ganz nach Tomatensoße ausschaut.
Also isst er doch anscheinend irgendwann, wenn er nicht im Bild ist! Außerdem ist mir noch aufgefallen, dass das große Loch, das er in einem Socken gehabt hat (an der Ferse), zugestopft ist.

10.5.

Ein bisschen kann ich den Karl auch spüren! Wenn ich die Hand auf den Bildschirm lege, dorthin, wo der Karl auf dem Sofa liegt, fühlt sich der Bildschirm wesentlich wärmer an als an anderen Stellen. Aber er sagt, er spürt meine Hand nicht. Schade. Ich könnte ihn sonst ein bisschen kitzeln. Oder streicheln. Aber wahrscheinlich würde er das ohnehin nicht sehr mögen, denke ich mir. Wäre ja auch irgendwie blöde! Meine Hand ist schließlich so groß wie der Karl vom Hals bis zum Bauchnabel. Ich wollte mich von so einer Riesenpfote auch nicht streicheln lassen.

Nur ganz selten empfange ich den Karl in »Großaufnahme«, 1:1 sozusagen. Dann ist nur sein Kopf auf dem Bildschirm. Einmal waren es auch seine Hände. Aber wann das passiert und warum es gerade dann passiert, weiß ich nicht.

30.5.

Der Karl schafft es noch, dass ich heuer im Zeugnis keinen einzigen Dreier haben werde! Wenn ich so weitermache, hat mein Klassenvorstand gesagt, kann ich mit einem »Vorzug« rechnen. Für einen, der jedes Jahr um die Versetzung hat zittern müssen, ist das doch eine tolle Sache.

Aber typisch! Als ich es meinem Vater gesagt habe, hat er bloß gemurmelt: »Ist ja wohl das Normalste, was man sich von einem intelligenten Kind erwarten kann!«

Und meine Mutter hat dazu genickt.

Wenn es gegen mich geht, können sie anscheinend noch immer einig sein!

Der Karl sagt, ich soll ihnen das nicht übel nehmen. Sie sind in einer Krise, und wenn die vorüber sein wird, dann werden sie wieder nett und freundlich zu mir sein.

Der Karl nimmt von allen Leuten nur das Beste an. Und er kennt ja meine Eltern nicht so lange wie ich. Wenn ihr Benehmen auf eine Krise schließen lässt, dann muss ich daraus schließen, dass sie immer in einer Krise sind! Seit ich mich erinnern kann, sind sie so zu mir.

»Übertreib nicht«, hat der Karl gerade zu mir gesagt.

O.K. Hin und wieder sind sie ganz nett zu mir, das gebe ich ja zu. Aber ich weiß nie, wann das passiert. Und warum sie gerade dann nett zu mir sind. Das hängt nämlich nur von ihrer Laune ab. Und ihre Laune hängt nicht von mir ab! Und ich pfeif drauf, mir jeden Tag, wenn ich von der Schule heimgehe, zu überlegen, ob mir eine freundliche oder eine bitterböse Mutter die Tür aufmachen wird!

»Ist einzusehen«, hat der Karl gerade gesagt.
»Ist aber nicht auszuhalten«, habe ich ihm geantwortet.
Jetzt schaut er mich ganz traurig an.
Das will ich nicht haben. Er kann ja nichts dafür.
Darum lege ich das Tagebuch jetzt so, dass er mitlesen kann, und schreibe:
»Ich muss ja bloß nur noch sieben oder acht Jahre warten, dann bin ich erwachsen und habe es hinter mir!«

2.6.

Der Karl hat neben dem Sofa auf dem kleinen Tischchen einen blühenden Geranienstock stehen. Gestern war der noch nicht dort!
»Wo hast du die Blumen her?«, habe ich ihn gefragt.
»Vom Gärtner«, hat er geantwortet.

»Und wo ist dein Gärtner?«, habe ich ihn gefragt.
»Gleich nebenan«, hat er da geantwortet und zur Tür hingezeigt.
Da habe ich gedacht: Jetzt ist eine günstige Gelegenheit, ihn zu fragen, was da alles noch »nebenan« ist und auch ein bisschen weiter weg.
Und das habe ich auch getan! Aber der Karl hat gesagt, mir das zu erzählen, sei er nicht berechtigt. Da müsse er um Erlaubnis ansuchen. Und die bekomme er garantiert nicht, denn die werde nur im Notfall erteilt und meine Neugier sei kein Notfall.

21.6.

Heute ist meine Mutter zu mir ins Zimmer gekommen, als der Karl aufgedreht war. Eine Füllfederpatrone wollte sie.
Ich habe einen Heidenschreck bekommen und mir gedacht: Gleich schreit sie, dass da ja wieder der infame Kerl aus der infamen Kindersendung ist!
Aber meine Mutter hat ganz verweinte Augen gehabt und gar nicht zum Fernseher hingeschaut.
Mir hat meine Mutter leidgetan.
Dem Karl hat sie auch leidgetan. Als sie mit der Füllfederpatrone abmarschiert war, hat er zu mir gesagt: »Geh zu ihr! Heitere sie ein bisschen auf!«
Ich habe es versuchen wollen. Meine Mutter ist im Wohnzimmer gesessen und hat einen Brief geschrieben. *Liebe Frau Dora*

ist oben auf dem Briefblatt gestanden. Die »Frau Dora«, das ist die Frau, die in der Illustrierten, die meine Mutter immer liest, Ratschläge erteilt, wie man besser mit dem Leben zurechtkommt.

Meine Mutter hat gesagt, ich soll sie nicht stören und in mein Zimmer gehen.

3.7.

Ich habe ein Super-Zeugnis bekommen. Bloß der Karl hat sich wirklich dafür interessiert. Meine Mutter und mein Vater sind so sehr mit Streiten beschäftigt, wenn sie daheim sind, dass sie für Zeugnisse keine Zeit haben. Dabei ist das das allerbeste Zeugnis, das ich je im Leben bekommen habe.

Weil ich weiß, dass sich die Oma über mein Zeugnis freuen würde, bin ich ins Papierwarengeschäft gegangen. Die haben dort einen Kopierer. Für zwei Schilling* haben sie mein Zeugnis kopiert. Die Kopie schicke ich jetzt der Oma. Ich schreibe aber dazu, dass sie ja nicht auf die Idee kommen soll, mir für das Zeugnis Geld zu schicken. Andere Omas tun das ja. Aber meine Oma hat nur eine kleine Rente und die Miete hat ihr der Hausherr auch erhöht. Da bleibt ihr nicht einmal genug Geld, um sich neue Kleider zu kaufen. Mein Vater wollte der Oma jeden Monatsanfang einen Tausender überweisen. Meine Mutter wollte das nicht! Deswegen hat es ein paar Wochen Streit gegeben. Dann hat der Papa den Tausender doch an die Oma überwiesen. Drei Tage darauf ist ein Brief von der Oma gekommen. Mit dem Tausender drinnen. Sie will von ihrem Sohn nichts geschenkt haben, hat sie dazu geschrieben. Sie kommt auch so zurecht. Neue Kleider braucht sie nicht.

Ich glaube, mein Vater war ziemlich erleichtert. »Wer nicht will, der hat schon«, hat er gemurmelt und den Tausender in die Brieftasche getan. Meine Mutter hat wollen, dass er ihr für den eingesparten Tausender eine Putzfrau gönnt. Eine Polin, hat sie gesagt, arbeitet dafür glatt zwanzig Stunden. Mein Vater hat

**Vor der Einführung des Euro bezahlte man in Österreich mit Schillingen. 100 ÖS wären umgerechnet etwa 7 Euro.*

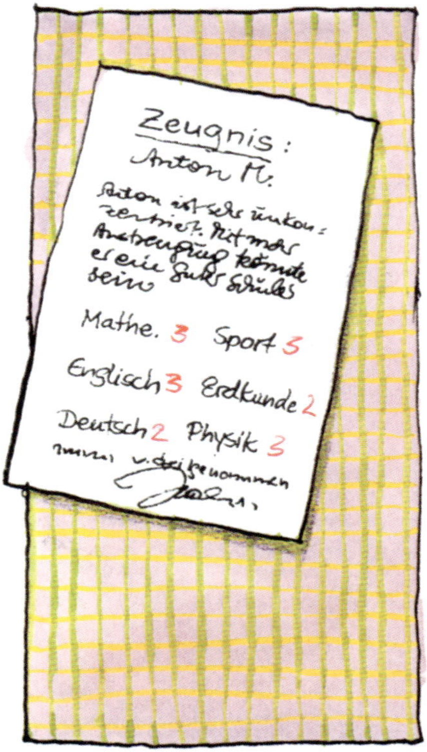

bloß hohngelacht. Eine Nur-Hausfrau braucht keine Putzfrau, hat er gesagt. Ob sie vielleicht auch noch eine Köchin und ein Stubenmädchen haben will?

Wenn meine Eltern streiten, hört das der Karl natürlich mit. Er versucht mir dann immer zu erklären, warum meine Mutter böse auf meinen Vater ist und warum mein Vater böse auf meine Mutter ist. Aber was passieren müsste, dass die zwei das blöde Streiten sein lassen, weiß er auch nicht. Wenn ich ihn das frage, zuckt er mit den Schultern und murmelt irgendetwas wie: »Es ist ein Jammer!«

4.7.

Der Karl will immer, dass ich ihm von den Kindern, die ich kenne, erzähle. Aber ich weiß da nicht viel zu erzählen. Angeblich bin ich ein Außenseiter. Das hat unser Klassenvorstand zu meiner Mutter gesagt.
Bei uns im Haus, da gibt es, abgesehen von drei Kleinkindern, nur die Sissi. Mit der habe ich früher im Hof gern gespielt. Aber dann hat sich meine Mutter mit der Mutter der Sissi total zerstritten und sie hat mir nicht mehr erlaubt, die Sissi im Hof zu treffen.
Dem Karl mag ich das nicht erzählen. Der würde mich nämlich fragen, warum ich auf meine Mutter gehört habe. Er würde sagen, dass ich ein Recht auf Freunde nach eigener Wahl habe!
Ich habe ja ohnehin versucht, weiter mit der Sissi Freund zu bleiben. Heimlich halt. Aber die Sissi wollte dann einmal zu mir rauf in die Wohnung kommen, und wie ich ihr erklärt habe, dass das wegen meiner Mutter nicht geht, war sie stocksauer. Ganz hochmütig hat sie geschaut und gesagt: »Dann baba und vergiss mich, Anton!«
Sie hat mich eben nicht wirklich gern gehabt.

10.7.

Morgen fahren wir auf Urlaub. Für vier Wochen. Nach Griechenland. Ich weiß wirklich nicht, wie ich so lange ohne den Karl auskommen soll. Würden meine Eltern nicht in einen mickrigen Bungalow ziehen, sondern in ein schönes, teures Hotel, müsste ich auf den Karl auch gar nicht verzichten. Der Karl hat mir nämlich gesagt, dass ich ihn auf jedem x-beliebigen Fernsehapparat empfangen kann. Ganz gleich wo, ganz gleich welche Marke, welches Baujahr. Ich müsste bloß meine Fernbedienung mitnehmen. Nur auf den blauen Knopf kommt es an! Aber der lausige Bungalow, den wir gemietet haben, der ist garantiert ohne TV!

Der Karl wird auch auf Urlaub gehen, weil ich ihn sowieso nicht empfangen kann. Wie das mit seinem Urlaub genau funktioniert, will er mir nicht erklären. »Zu kompliziert«, hat er gesagt. Nur so viel hat er rausgelassen: Er kann in jeder TV-Serie, die gerade auf irgendeinem Programm läuft, Ferien machen!

»Was? In der Lindenstraße zum Beispiel auch?«, habe ich gefragt.

»Können tät ich, aber ich bin doch nicht blöd«, hat er mir geantwortet. »Ich such mir etwas Ländlich-Friedliches. Angeblich wiederholen sie in SAT 1 den Landarzt, vielleicht schlüpf ich da unter. Oder ich zieh in den Schlossgarten der von Guldenburgs ein.«

Wie er das meint, ist mir nicht klar.

Aber wenn der Karl etwas nicht sagen will, dann beißt man sich bei ihm die Zähne aus!

24.7.

Jede Nacht träume ich vom Karl! Wenn ich dann munter werde, weil das Meer so stark rauscht oder streunende Katzen so laut kreischen, ist meine Sehnsucht nach dem Karl riesengroß.

Hätte ich Trottel doch bloß meine Fernbedienung mitgenommen! In unserem Bungalow ist natürlich – ganz so, wie ich vermutet hatte – kein TV-Apparat. Doch es gibt da auch ein »Haupthaus«. Dort bekommen wir das Essen und am Abend sitzen dort die Erwachsenen herum und trinken Wein und Bier. Und zum Tanzen gibt es eine Terrasse. Einen Fernsehraum gibt es auch. Viele Leute sind nie dort, weil man nur drei griechische Sender empfangen kann, und die Gäste verstehen nicht Griechisch, die sind ja alle Touristen aus anderen Ländern.

In der Mittagszeit, wenn die Hitze am größten ist, ist überhaupt nie jemand in diesem Fernsehraum. Da halten die Gäste den Mittagschlaf oder sind am Strand unten. Da könnte ich mir den Karl reinziehen!
Obwohl, ich bin mir nicht klar, ob ich das wirklich könnte! Er ist ja jetzt auch auf Urlaub. Wir haben nicht darüber gesprochen, ob ihn mein blauer Knopf auch in seiner Urlaubsserie orten kann.

30.7.

Im Bungalow links von unserem Bungalow hat ein Mädchen gewohnt. Ein sehr liebes Mädchen. Deutsch hat sie nicht können. Nur Holländisch.
Sie hat ein paar Mal mit mir zu reden versucht. Wie sie gemerkt hat, dass ich kein Wort verstehe, hat sie mir bloß noch zugelacht, wenn wir einander begegnet sind. Und einmal hat sie »Mareike« gesagt und sich dabei auf die Brust getippt. Da habe ich »Anton« gesagt und mich verbeugt. Danach war es zwischen uns schon fast eine stumme Freundschaft.
Gestern ist die Mareike mit ihrer Mutter abgereist. Ich habe sie bis zum Platz vor dem Haupthaus begleitet und ihr nachgewunken, als sie in den Autobus eingestiegen ist.
Der Karl hätte mir sicher ein paar holländische Sätze beibringen können. Wie geht es dir? Und: Du hast schöne blaue Augen. Und: Wollen wir zusammen ins Wasser gehen?

Dann wäre alles anders gekommen.
Vielleicht hätte sie mir dann sogar ihre Adresse aufgeschrieben und ich wäre ihr Brieffreund geworden. Der Karl hätte mir sicher die holländischen Briefe übersetzen und mir holländische Briefe diktieren können!

13.8.

Endlich wieder daheim und beim Karl!
Meine Eltern schlafen! Die sind erschöpft. Ohne eine Pause zu machen, sind wir von Griechenland heimgefahren. Achtzehn Stunden lang! Meine Mutter und mein Vater haben sich am Steuer abgewechselt. Und ich habe fest damit gerechnet, dass

wir einen Riesenunfall bauen, weil sie unentwegt gestritten haben, und zum Streiten brauchen sie die Hände. Da gestikulieren sie wie wild! Ich war schon froh, wenn sie wenigstens eine Hand am Lenkrad gehabt haben.

Gemeinsamen Urlaub halten sie eben überhaupt nicht aus. Ich glaube, jetzt kommt die Scheidung bald. Der Karl meint, ich werde meiner Mutter zugesprochen, und mein Vater wird dagegen nicht protestieren, weil er mich ohnehin lieber bloß alle vierzehn Tage einmal besucht, als mich tagtäglich großzuziehen.

Ich möchte am liebsten zur Oma ziehen. Der Karl meint, das wird meine Mutter nicht zulassen. Könnte sein, dass er recht hat. Meine Mutter hat die Oma noch nie leiden können.

Der Karl schweigt sich über seinen Urlaub ziemlich aus. »War ein totaler Reinfall«, hat er bloß gesagt. Braun gebrannt ist er auch nicht. Vielleicht ist er in eine Serie über die Antarktis geraten!

22.8.

Habe mit dem Karl über Witze geredet. Habe ihm erzählt, dass alle Kinder bei mir in der Klasse dauernd Witze erzählen und dass ich nie einen erzählen kann, weil ich keinen guten Witz weiß. Da hat er gesagt, er muss irgendwo ein Witze-Buch haben. Und er wird mir ein paar Witze vorlesen.
»Wo habe ich das Buch bloß hingetan?«, hat er gesagt. Und dann ist er aufgestanden. »Ach ja, das habe ich mit allerhand altem Kram auf den Dachboden rauf«, hat er gemurmelt. Und dann ist er aus dem Zimmer raus.

Wie er die Zimmertür aufgemacht hat, habe ich wie ein Luchs aufgepasst! Aber ich habe gar nichts gesehen, außer viel Blaugrau vor der Zimmertür. Ganz so, als ob der Karl in dicken Nebel hineingegangen wäre. Und wie die Tür dann wieder aufgegangen und der Karl zurückgekommen ist, war es genauso. Nichts als blaugrauer Nebel!
Und Witze hat er mir auch keine vorgelesen. Weil in dem Buch bloß lauter sehr ordinäre dringestanden sind. Ich habe dem Karl gesagt, dass die Kinder in meiner Klasse gern so ordinäre Witze hören würden, aber der Karl wollte trotzdem nicht.

15.9.

In der Schule ist es jetzt besser als im vorigen Schuljahr. Der Xandi sitzt neben mir. Er redet auch in den Pausen mit mir. Dadurch redet auch der Berti, der mit dem Xandi gut ist, mit mir. Aber zu seiner Geburtstagsparty, nächsten Sonntag, hat mich der Xandi doch nicht eingeladen.
Der Karl meint, ich soll das locker nehmen und nicht so ungeduldig sein. Freundschaften bauen sich langsam auf!
Das mag ja stimmen, aber wir haben heuer einen Neuen in der Klasse. Renee heißt er. Den hat der Xandi zu seiner Geburtstagsparty eingeladen. Und den kennt er doch viel kürzer als mich!
Der Karl behauptet, es gibt »schnelle« Freundschaften, aber die seien meistens nur »Strohfeuer«. Und es gibt »langsame« Freundschaften, und die halten dann eisern! Und das mit dem

Renee ist so ein Strohfeuer. Und mit mir wird das sicher eine eiserne Freundschaft!
Der Karl glaubt das wirklich. Er will mich nicht bloß trösten.
Aber er irrt sich!

25.9.

In der Schule ist ein Unglück passiert. Ich bin auf die Klomuschel gestiegen, weil ich ins Nachbarklo auf den Edi spucken wollte. Der Xandi hat dabei unbedingt zuschauen wollen und ist zu mir auf die Klomuschel rauf. Und der Berti ist hinterher, obwohl da kein Platz mehr war. Und da ist die Klomuschel in zwei Teile zerbrochen und der Berti hat sich an der scharfen Kante von dem einen Muschelscherben die Wade aufgeschnitten.

Unheimlich geblutet hat das!

Warum gerade ich an allem schuld sein soll, ist mir ein Rätsel. Aber unser Klassenvorstand sieht das so und hat zu mir gesagt, mein Vater müsste morgen in die Schule kommen.

Mein Vater kann Schulen nicht leiden. Bisher hat er immer meine Mutter hingeschickt, wenn Sprechtag war. Ich weiß genau: Wenn mein Vater in die Schule geht und sich vom Klassen-

vorstand anjammern lässt, kriege ich hinterher Watschen von ihm. Und zwei Wochen Stubenarrest wahrscheinlich auch. Und Taschengeldsperre für einen Monat dazu!
Der Karl sagt, er lässt das nicht zu. Um es zu verhindern, muss er einen Entschluss fassen, der ihm nicht leicht fällt. Er hat mich ersucht, den Fernseher abzudrehen, damit er in aller Ruhe einen Entschluss fassen kann. Nach dem Nachtmahl, hat er gesagt, darf ich erst wieder den blauen Knopf drücken. Aber Nachtmahl gibt es heute keines. Meine Mutter liegt mit Kopfweh im Bett. Ich soll mir ein Butterbrot machen, hat sie gesagt.
Aber ich habe ohnehin keinen Hunger. Um sieben Uhr werde ich den blauen Knopf drücken. Da könnte das Nachtmahl schon vorüber sein!

26.9.

Ich habe es nicht für möglich gehalten, doch es hat tatsächlich geklappt. Gestern, am Abend, hat mir der Karl erklärt, dass er in die Schule gehen und sich für meinen Vater ausgeben wird. Wenn es sein muss, kann der Karl nämlich aus dem TV herauskommen. Aber nur für ein paar Stunden. Die Luft tut ihm nicht gut. Da geht er ein, sowohl in der Länge als auch in der Breite.
»Punkt zehn bin ich in der Schule«, hat er heute in der Früh zu mir gesagt.
Gleich als die zweite Pause angefangen hat, bin ich zum Lehrerzimmer hinunter. Ich muss gestehen, ich habe nicht echt geglaubt, dass der Karl kommt. Ich wollte dem Klassenvorstand

sagen, dass mein Vater krank ist und erst nächste Woche kommen wird. Eigentlich hätte ich ihm auch die Wahrheit sagen können, nämlich dass ich meinem Vater gar nicht habe ausrichten können, dass er kommen soll, weil mein Vater gestern nicht nach Hause gekommen ist. Doch ich finde, solche Sachen gehen den Klassenvorstand nichts an.

Aber der Karl ist schon vor der Tür vom Lehrerzimmer gewesen, als ich die Treppe heruntergekommen bin. Den besten Anzug von meinem Vater hat er angehabt. Er hat mir zugezwinkert, dann ist er in das Lehrerzimmer hinein. Die ganze Pause ist er drinnen geblieben. Ich musste dann in die Klasse zurück und konnte nicht warten, bis er wieder herauskommt.

Aber dass er seine Sache gut gemacht hat, habe ich in der vierten Stunde gemerkt. Da hatten wir Englisch bei unserem Klassenvorstand und er war unheimlich freundlich zu mir.

Gleich nachdem ich von der Schule heimgekommen bin, habe ich den Karl eingeschaltet. Er hat geschlafen und er schläft jetzt immer noch. Wahrscheinlich muss er sich von der Luft erholen.

27.9.

Der Karl hat unserem Klassenvorstand 500 Schilling für eine neue Klomuschel gegeben. Die 500 Schilling hat er aus dem Schreibtisch vom Papa genommen. Und der Papa beschuldigt die Mama jetzt, dass sie ihm das Geld gestohlen hat.
Ich habe dem Karl gesagt, dass er das nicht hätte tun dürfen. Er sagt, wenn er es nicht getan hätte, dann wäre eine Rechnung für eine neue Klomuschel von der Schule gekommen und dann wäre die ganze Sache aufgeflogen.
Da hat er wohl recht! Und außerdem weiß ich ganz genau, dass die Mama dem Papa schon oft Geld aus dem Schreibtisch oder aus der Brieftasche genommen hat. Ohne dass er es bemerkt hat! Wenn sie also einmal schuldlos verdächtigt wird, ist das eigentlich weiter nicht so schlimm.

2.10.

Ich wollte der Oma zum Namenstag eine Karte schreiben. Ich hatte schon eine gekauft, mit hundert roten Rosen vorne drauf und in Goldschrift *Alles Gute* unter den Rosen. Hinten drauf wollte ich schreiben: Zum Namenstag von deinem dich liebenden Enkel Anton!

Der Karl hat mir zugeschaut und mich gefragt, warum ich meiner Oma keinen Brief schreibe, da hätte sie doch mehr davon. Zuerst habe ich gedacht, dass mir nichts zum Schreiben einfällt. Passiert ja nichts, was ich ihr erzählen könnte. Und dass meine Eltern jetzt so böse aufeinander sind, dass sie nicht einmal mehr streiten, sondern kein Wort mehr miteinander reden, das ist doch nichts, was man in einen Namenstagsbrief schreiben kann. Das würde die Oma bloß traurig machen.
Aber wenn ich so nachdenke, fällt mir doch allerhand ein. Ich könnte schreiben, dass ich die Oma sehr gern habe. Und dass ich gern bei ihr wäre. Und dass es früher immer so schön war, wenn sie mir Märchen erzählt hat. Und dass ihr Apfelstrudel so gut geschmeckt hat.
O. K., ich mache mich an den Brief.

10.10.

Die Oma ist zu Besuch gekommen. Weil sie Sehnsucht nach mir hatte. Mit der Bahn ist sie hergefahren. Drei Tage will sie bleiben. Meine Mutter ist ziemlich sauer darüber.

Die Oma wird bei mir im Zimmer schlafen. In meinem Bett. Und ich schlafe auf einer Luftmatratze vor dem Bett.

Es freut mich riesig, dass die Oma da ist. Aber wie soll das in diesen drei Tagen mit dem Karl gehen? So lange mag ich nicht auf ihn verzichten!

Der Karl möchte die Oma näher kennenlernen. Er meint, wenn sie wirklich so ist, wie ich sie ihm beschrieben habe, wird sie nichts gegen ihn haben.

Versuchen könnte man es ja. Und weitersagen würde die Oma gewiss nichts. Sie hat bis jetzt noch jedes Geheimnis, das ich ihr anvertraut habe, für sich behalten.
Aber ob sie nicht der Herzschlag trifft, wenn sie den Karl sieht?

11.10.

Die Oma hat den Karl hingenommen, als wär's ein Klacks.
»Na und?«, hat sie gesagt. »Ich bin sowieso ein technischer Trottel! Für mich ist es ein Riesenwunder, dass man auf den Knopf drückt und dass dann überhaupt Bilder kommen. Ich wundere mich, dass man telefonieren kann, ich wundere mich, dass ich Radio hören kann, ich wundere mich, dass ein Flieger in die Luft hoch kommt, ich wundere mich, dass ein schweres Schiff nicht untergeht. Alles ist für mich ein Wunder! Warum

soll ich mich gerade über das Karl-Wunder mehr wundern als über alle anderen Wunder?«

Der Karl ist begeistert von der Oma. Die ganze Nacht über hat er mit ihr geredet. Sehr leise, natürlich, damit ich schlafen kann und damit es meine Eltern nicht hören.

Die Mama muss doch etwas gehört haben. Beim Frühstück hat sie zum Papa gesagt: »Deine Alte redet pausenlos im Schlaf. Eine Zumutung für das arme Kind!«

Da bin ich plötzlich ein armes Kind!

Die Oma hat mir fest versprochen, dass ich bei ihr leben kann, wenn sich meine Eltern scheiden lassen. »Wie ein Löwe werde ich um dich kämpfen!«, hat sie zu mir gesagt.

16.10.

Die Oma ist wieder heimgefahren. Sie geht mir sehr ab. Aber ich bin froh, dass sie nicht mehr hier ist. Meine Eltern waren nicht lieb zu ihr. Der Papa auch nicht. Sie haben sie merken lassen, dass sie kein erwünschter Besuch ist.
Die Oma hat mir versichert, dass ihr das gleichgültig ist. Weil sie ja wegen mir gekommen ist. Weil sie sich so über meinen Brief gefreut hat.
Da hat der Karl also wieder einmal recht gehabt. Dabei hatte ich schon Angst gehabt, der Brief könnte kitschig gewesen sein. Und die Oma könnte über ihn sehr gelacht haben.

Der Karl sagt, ich verwechsle da gefühlvoll mit kitschig. Wenn die Gefühle nicht gelogen sind, können sie nicht kitschig sein. Und beim Fühlen, sagt er, kann man gar nicht lügen!
Na ja! Wie ich aber vergangenen Sommer zur Sissi gesagt habe, dass ich sie sehr lieb habe und ihre Augen wie Sterne funkeln, hat sie mich einen »Kitschonkel« genannt. Damals waren meine Gefühle aber genauso echt!
Der Karl linst mir beim Schreiben über die Schulter und sagt, dass Augen nicht wie Sterne funkeln können. Und dass ich das nicht gefühlt haben kann. Das habe ich wo gehört oder gelesen, meint er. Und deshalb ist es nicht echt!

19. 11.

Morgen habe ich Geburtstag. Gut hundertmal habe ich in den letzten Tagen erwähnt, dass ich sehr gerne eine Gitarre haben würde. Bin gespannt, ob das auf fruchtbaren Boden gefallen ist. Es muss ja keine sehr teure sein.

Der Karl hat mir schon heute etwas geschenkt. Eine Geschichte von einem Land, in dem alles wunderbar ist. Die hat er extra für mich erfunden. Ab heute erzählt er sie mir als Serie. In zwölf Folgen zu fünfzig Minuten.

20. 11.

Ich habe keine Gitarre bekommen und sonst auch nichts. Sie haben einfach meinen Geburtstag vergessen. Das ist noch nie passiert. Der Karl meint, ich soll meine Mutter daran erinnern. Ich denke nicht daran! Ich bin so verbittert wie noch nie. Das merke ich mir auf ewig!

26.11.

Die Serie, die mir der Karl zum Geburtstag geschenkt hat, ist schon zu Ende. Sie war so schön, dass ich mit einer Folge an einem Tag einfach nicht zufrieden war. Ich habe ihn so lange angebettelt, bis er die nächste Folge drangenommen hat. Einmal habe ich ihm gleich fünf Folgen an einem Tag rausgerissen!
Jetzt tut mir das leid. Wäre ich bescheidener gewesen, hätte ich noch jeden Tag wunderschöne fünfzig Minuten.
Ich habe mit dem Karl zu handeln versucht, habe ihn gefragt, wie es mit einer Wiederholung wäre. Werden doch fast alle Serien wiederholt.
Hat er geantwortet: »O.K., aber üblicherweise am Vormittag. Und da bist du ja leider in der Schule!«
Ich bin mir nicht klar, wie das mit dem Genuss von schönen Dingen ist. Ob man den in kleinen Häppchen oder in großen Brocken zu sich nehmen soll? Zwölfmal fünfzig Minuten Vergnügen habe ich ja gehabt. Das Vergnügen wäre keine Minute länger geworden, wenn ich es auf zwölf Tage verteilt hätte.
Ich werde das mit dem Karl bereden, wenn ich im Bett bin. Vor dem Einschlafen. Damit mache ich ihm auch eine Freude. Der Karl redet gern so hin und her über zwiespältige Sachen.
Von der Bücherei ist eine »letzte Mahnung« gekommen. Wegen der zwei Bücher, die ich mir vor drei Monaten geborgt habe.
Ich habe die Bücher nicht mehr. Ich habe sie dem Edi geborgt. Und seine Schwester hat sie ihrer Freundin weitergeborgt. Und diese Freundin ist vor drei Wochen weggezogen aus unserer Stadt und hat die zwei Bücher mitgenommen. Und die Schwes-

ter von Edi weiß weder die Adresse noch die Telefonnummer von ihrer ehemaligen Freundin.
Der Karl will die Sache in Ordnung bringen. Morgen Vormittag. Er sagt, er will ohnehin gern wieder einmal in eine Bücherei gehen. Und es macht ihm nichts aus, wenn er deswegen um ein paar Zentimeter kleiner und um ein paar Deka* leichter wird. Das holt er nachher schon wieder auf, sagt er.
Wahrscheinlich bringt er auch diesmal die Sache mit Geld aus dem Schreibtisch in Ordnung. Stört mich gar nicht! Ist nur gerecht, wenn ich ohnehin nichts zum Geburtstag bekommen habe!

27. 11.

Bin so verzweifelt, dass ich nicht weiter weiß!
Ich komme von der Schule heim, da steht meine Mutter im Vorzimmer, packt mich, drückt mich an ihren Riesenbusen und sagt: »Ach, Anton, es tut mir ja so leid! Wie habe ich bloß deinen Geburtstag vergessen können! Aber ich habe es wiedergutgemacht. Komm, schau in dein Zimmer!«
Ich laufe in mein Zimmer und denke mir: Jetzt krieg ich doch eine Gitarre!
Aber da ist keine neue Gitarre, sondern ein neuer Fernsehapparat. Und mein alter ist weg!
»Weil dein alter schon so geflimmert hat«, sagt meine Mutter stolz.

** Deka = Dekagramm (10 Gramm)*

Ich weiß nicht mehr genau, wie es dann weitergegangen ist. In meinem Kopf war ein verzweifeltes Durcheinander. Ich glaube, zuerst habe ich bloß gefragt, wo meine alte Fernbedienung ist, und meine Mutter hat geantwortet, dass die Männer von Elektro-Blitz den »alten Krempel« mitgenommen haben.
Ich habe zu toben begonnen. Habe mich auf mein Bett geworfen, habe geheult und gebrüllt und mit den Fäusten getrommelt. Und nach meiner Mutter getreten, die mich beruhigen

wollte. Und dann bin ich aufgesprungen und aus dem Haus gerannt. Ohne Mantel und Mütze. Obwohl es geschneit hat.
Von da an kann ich mich wieder besser erinnern. Ich bin zu »Elektro-Blitz«, der ist ja bloß drei Ecken weiter. Weil ich beim Reden viel geschluchzt habe, hat mich der Verkäufer zuerst nicht verstanden, doch dann hat er mir gesagt, dass der »alte Kram« gar nicht erst in den Laden gebracht wird. Den liefern die Lieferdienst-Leute gleich auf dem großen Müllplatz vor der Stadt ab.
Ich bin aus dem Geschäft raus und quer durch die Stadt, zum Müllplatz. Ich bin so schnell gerannt, dass mir überhaupt nicht kalt war. Dann war ich beim Müllplatz. Der ist so groß wie vier Fußballfelder. Und der Müll liegt auf den vier Fußballfeldern haushoch. Und dazu ist er heute auch noch dick eingeschneit.
Ich habe eingesehen, dass es unmöglich ist, da so ein kleines Ding wie eine Fernbedienung zu finden. Hundert Leute würden das in hundert Stunden nicht schaffen.
Eine Frau, die alte Bettmatratzen zum Müllplatz gebracht hat, hat mich gesehen und gesagt, ich werde mir ohne Mantel den Tod holen. Sie hat mich gefragt, wo ich wohne, und hat mich heimgefahren.
Meine Mutter redet nicht mit mir. Das stört mich nicht. Ich hasse sie! Sie hat mir das Schrecklichste angetan, was ...

28.11.

Mitten in einem Satz habe ich gestern zu schreiben aufgehört, weil ich die Stimme vom Karl gehört habe. »Anton, Anton«, hat sie gerufen. Ganz leise. Unter meinem Bett hervor.
Ich muss die Oma anrufen. Ich muss sie um Rat fragen. Aber das kann ich erst tun, wenn die Mama einkaufen gegangen ist.
Gut zehn Zentimeter kleiner ist der Karl schon. Und ganz blass ist er. Es geht ihm, glaube ich, ziemlich schlecht. Aber er ist keiner, der klagt! Doch wie es um ihn steht, ist ja klar, wenn seine Stimme schon so schwach ist, dass ich sie erst nach stundenlangem Rufen gehört habe.
Dass der Karl unter meinem Bett liegt, ist so gekommen:
Er war in der Bücherei, als die Männer von »Elektro-Blitz« meinen alten TV und die Fernbedienung abgeholt haben. Und als er dann zurückgekommen ist, hat er nicht mehr heim können. Er hat sich unter mein Bett gelegt und auf mich gewartet.

Als ich heimgekommen bin, hat er sich nicht melden können, denn da war ja meine Mutter im Zimmer. Und dann bin ich weggerannt! Und als ich vom Müllplatz gekommen bin, hat er vor lauter Erschöpfung geschlafen.
Jetzt schläft er die meiste Zeit. Wenn er munter ist, redet er kaum. Ich glaube, er will mich nicht merken lassen, dass sein Stimmchen schon so schwach ist.
Ich fühle mich schuldig! Wäre er nicht für mich in die Bücherei gegangen, wäre ihm nichts geschehen. Dann hätte ich ihn zwar auf ewig verloren gehabt, aber ihm wenigstens würde es gut gehen. Wenn der Karl jeden Tag um zehn Zentimeter schrumpft, ist er in zwei Wochen und zwei Tagen überhaupt nicht mehr da. Wenn ich mir doch nur einen Rat wüsste!

29. 11.

Seit gestern Nachmittag habe ich fünfmal mit der Oma telefoniert. Sie hat eine Idee. Weil ihr der Karl, als sie bei uns zu

Besuch war, erzählt hat, dass meine Fernbedienung kein Einzelstück ist. Dass es eine ganze Serie davon gibt.
Ich weiß nicht, ob die Idee der Oma wirklich eine Hoffnung ist. Vor dem Karl tue ich aber so, als glaubte ich daran. Er braucht Mut.
Bevor ich heute in die Schule gegangen bin, habe ich den Karl in den Schrank getragen. Damit meine Mutter ihn nicht entdeckt, falls sie bei mir den Boden kehren sollte.

2.12.

Gerade hat die Oma angerufen. Bis jetzt hat sie noch keinen Erfolg gehabt. Obwohl sie rund um die Uhr unterwegs ist.
Der Karl hat geflüstert, dass es schon ein Trost für ihn ist, dass die Oma so viel für ihn riskiert.

4.12.

Ich habe mich bei meiner Mutter krank gemeldet. Sie hat mir geglaubt, weil mir der Trip zum Müllplatz wirklich einen Mordshusten eingetragen hat. Aber wegen dem Husten ist es nicht.

Ich mag den Karl nicht mehr allein lassen. Er ist jetzt nur noch so groß wie ich und dämmert die ganze Zeit vor sich hin. Seine Hände zittern, manchmal röchelt er. Es macht mich ganz wahnsinnig, für ihn nicht mehr tun zu können, als ihm alle paar Minuten den Schweiß von der Stirn zu wischen.

Wenn die Oma doch bloß Erfolg hätte!

10.12.

Ich huste nicht mehr, aber das fällt ohnehin nicht auf, weil sich kein Schwein um mich kümmert. Mein Vater war schon eine Woche lang nicht daheim und meine Mutter ist vollauf damit beschäftigt, mit dem Anwalt wegen der Scheidung zu reden und Freundinnen zu treffen, um denen ihr Leid zu klagen. Zu einem Detektiv geht sie auch. Der soll herauskriegen, ob mein Vater eine Freundin hat. Dann wird er schuldig gesprochen bei der Scheidung, und das wirkt sich angeblich auf den Unterhalt, den er für mich zahlen muss, aus. Um einen Job bewirbt sich meine Mutter auch. Weil der Unterhalt zum Leben nicht ausreichen werde.

Der Karl will heute überhaupt nicht wach werden. Ich habe ihm seine Klamotten ausgezogen und meinen Pyjama angezogen. Sogar der ist ihm schon zu groß.

guitara

Nicht einmal als ich ihn umgezogen habe, ist er richtig munter geworden. Bloß »du bist lieb«, hat er gemurmelt, ohne die Augen zu öffnen.
Jede halbe Stunde versuche ich die Oma anzurufen. Nie ist sie daheim. Hoffentlich ist nichts passiert!

11.12.

Herr im Himmel, steh mir bei, dass ich es schaffe! Und bring meine Mutter endlich dazu, dass sie abmarschiert! Um drei Uhr wollte sie zum Anwalt fahren, jetzt ist es schon sieben Minuten nach drei und sie steht immer noch im Vorzimmer herum.

Mein Zug geht um vier! Eine Fahrkarte muss ich mir auch noch kaufen. Das Geld dafür habe ich aus meinem Sparschwein genommen. Hoffentlich reicht es. Ich habe keine Ahnung, was eine Fahrkarte zur Oma kostet. Der Karl liegt in unserer großen Reisetasche auf einem Badetuch.

Er ist so leicht geworden, dass ich ihn ohne Mühe tragen kann. Ich weiß nicht, ob er überhaupt kapiert hat, dass die Oma Erfolg gehabt hat. Gelächelt hat er, als ich es ihm gesagt habe.
Na, endlich! Meine Mutter haut ab!
»Dann bis zum Abend«, hat sie gesagt. Die wird sich wundern am Abend!
Jetzt fällt die Haustür ins Schloss! Dann also: Nichts wie ab!

14.12.

Ich hab's geschafft! Bin wie ein Windhund zum Bahnhof, das Geld hat auch gereicht. Im letzten Augenblick bin ich auf den Zug rauf. Die Oma hat auf mich in Kleinfrasdorf auf dem Bahnhof gewartet. Die Fernbedienung hat sie mitgehabt. »Passt die?«, hat sie gefragt. Der blaue Knopf, unten, wo sonst keine Tasten mehr sind, hat genauso ausgesehen wie der auf meiner Fernbedienung.
Wir sind zur Oma heim, haben den TV aufgedreht und den Karl aus der Reisetasche geholt. Die Oma war ganz entsetzt über seine Winzigkeit.
Im TV war eine Show. Ich habe den blauen Knopf gedrückt, es hat schwarzweiß geflimmert, bunt geflimmert, dann war das Zimmer vom Karl da. Ich habe den Karl dicht an den Bildschirm gehalten und er ist in sein Zimmer hineingeflutscht und hat auf seinem Sofa gelegen. Hampelmannklein war er immer noch, doch nach ein paar Atemzügen wirkte er nicht mehr so matt und schlaff und seine Stimme war wieder fast normal. In ein, zwei Wochen, sagte er, werde er wieder ganz der Alte sein.

Und dann sagte die Oma, ich müsse gleich wieder heimfahren, den letzten Zug nach Großkrums könnte ich noch erwischen. Ich sagte, ich denke gar nicht daran, die Scheidung sei schon im Laufen, da bliebe ich gleich hier.
»Das wird jetzt nicht mehr möglich sein«, sagte die Oma und ich rief: »Du hast versprochen, wie ein Löwe um mich zu kämpfen!«
Die Oma sagte: »Aber sie holen mich garantiert!«
»Wer holt dich wohin?«, fragte ich.
Die Oma antwortete: »Vielleicht die Polizei ins Gefängnis, aber ich tippe eher auf einen Amtsarzt, der mich ins Irrenhaus bringt!«
»Du bist ja nicht plemplem!«, rief ich.
Die Oma seufzte und sprach: »Eine alte Frau, die zwei Wochen lang rund um die Uhr unterwegs ist, um Fernbedienungen zu stehlen, gilt halt als verrückt! Und wenn ich sage, warum ich das getan habe, gelte ich wohl als quadratverrückt!«
Ich muss jetzt zu schreiben aufhören, die Oma will das Licht löschen. Sie will einschlafen.

15.12.

Es ist vier Uhr in der Früh, der Karl schläft sich gesund, die Oma schläft auch. Ich will diese Eintragung noch machen, denn es wird meine letzte sein!

Gestern Abend, nachdem ich kapiert hatte, was der Oma bevorsteht, war ich ganz verzweifelt. Und sie hat ja recht! Ihre ganze Wohnung ist voll kaputtgemachter Fernbedienungen. Zu Bergen türmen sich die! Das ganze Dorf, hat sie gesagt, ist fernbedienungslos. Und die Leute munkeln natürlich. Die können ja zwei und zwei zusammenzählen. Und die Polizei ermittelt schon. Und es wird jede Menge Leute geben, die sich daran erinnern, dass ihre Fernbedienung nach dem Besuch der Oma weg war. Noch dazu, weil die Oma doch sonst nur ganz selten auf Besuch geht. Und sie hat sich ja auch bei wildfremden Leuten eingeschlichen. Denen hat sie gesagt, dass sie ihnen für eine Meinungserforschung Fragen stellen muss.

Ich habe zur Oma gesagt, dass sie flüchten muss!

Und der Karl hat gesagt, dass sie zu ihm flüchten könnte. Dazu braucht man zwar ein TV-Asylrecht, aber das, hat er gesagt, bekommt die Oma sicher. Wo sie so viel für ihn getan hat.

Die Oma hat darüber nachgedacht und war einverstanden. Außer mir, hat sie erklärt, hält sie hier sowieso nichts mehr. Und wenn sie im Irrenhaus ist, kann sie eh nix für mich tun. Sie wollte gleich zum Karl hinein, aber der wollte zuerst alles mit der Einreisebehörde regeln.

Heute, Punkt sieben in der Früh, sollen wir den blauen Knopf drücken. Dann ist alles für die Oma geregelt, hat der Karl gesagt.

Ich bin doch nicht blöd, dass ich hier bleibe! Ich gehe mit! Aber das habe ich weder der Oma noch dem Karl gesagt. Sie wären sicher dagegen! Und der Karl kann mir das Asylrecht garantiert auch nachträglich verschaffen.
Um sieben Uhr, wenn die Oma einsteigt, wenn sie schon mit einem Fuß im Zimmer vom Karl ist, dann springe ich ihr auf den Rücken und halte mich fest. Und bevor sie noch begriffen hat, was überhaupt los ist, ist schon alles vorüber.

NB
Bin neugierig, ob einem von denen, die demnächst alle kaputten Fernbedienungen abholen werden, die mit dem blauen Knopf auffällt.

Aus dem Großkrumser-Boten vom 20. 12 .

OMA UND ENKEL VERSCHWUNDEN

Seit dem 15. des Monats ist der zwölfjährige Anton M. aus Großkrums abgängig. Vermutet wird, dass sich der blonde, schmächtige Knabe zu seiner Großmutter nach Kleinfrasdorf durchschlagen wollte. Rätselhafterweise ist diese jedoch seit selbigem Tag ebenfalls unauffindbar. Die alte Frau scheint in letzter Zeit geistig verwirrt gewesen zu sein und beging in diesem Zustand sinnlose Diebstähle. Die Polizei tappt völlig im Dunkeln, eine Familientragödie wird befürchtet.

© Alexa Gelberg

Christine Nöstlinger

Christine Nöstlinger, geboren 1936, lebt in Wien. Nach dem Abitur studierte sie Gebrauchsgrafik an der Akademie für angewandte Kunst in Wien und begann, für Tageszeitungen und Magazine zu arbeiten. 1970 schrieb und zeichnete sie ihr erstes Kinderbuch, das auf Anhieb ein Erfolg wurde. Seitdem veröffentlichte sie Gedichte, Romane, Filme und zahlreiche Kinder- und Jugendbücher. Bei Beltz & Gelberg sind u.a. erschienen. *Wir pfeifen auf den Gurkenkönig* (Deutscher Jugendbuchpreis); *Maikäfer, flieg!* (Buxtehuder Bulle und Holländischer Jugendbuchpreis), *Zwei Wochen im Mai*, *Der Hund kommt!* (Österreichischer Staatspreis), *Der Neue Pinocchio*, *Der Zwerg im Kopf* (Zürcher Kinderbuchoreis »La vache qui lit«), *Wie ein Ei dem anderen*, *Einen Vater hab ich auch* und die *Gretchen Sackmeier*-Romane. Für ihr Gesamtwerk wurde sie mit dem internationalen Hans-Christian-Andersen-Preis und mit dem Astrid-Lindgren-Gedächtnispreis ausgezeichnet.

Christine Nöstlinger

Am Montag ist alles ganz anders

Roman, 128 Seiten (ab 10), Gulliver TB 78160

Wie kommt man zu einer Punkfrisur? So bunt und grell, dass die Leute sagen: »O Gott, diese Jugend von heute …« Kathi hat Glück. Kathi hat nämlich Läuse. Da müssen die langen Haare weg. Und Kathis Großmutter macht ihr eine Wunschfrisur. Was sie sonst noch alles unternehmen und warum am Montag alles ganz anders ist, erzählt Christine Nöstlinger in diesem vergnüglichen Buch.

Christine Nöstlinger

Rosa Riedl, Schutzgespenst

Roman, 208 Seiten (ab 10), Gulliver TB 78119
Österreichischer Jugendbuchpreis
Auswahlliste zum Deutschen Jugendliteraturpreis

Nasti – mit vollem Namen Anastasia – hat Angst vor finsteren Räumen, Angst vor dem Keller, vor Hunden: Sie hat immer Angst. Da bekommt Nasti plötzlich Hilfe – von einem liebenswerten Gespenst! Rosa Riedl heißt das Schutzgespenst, das nun energisch in Nastis Leben eingreift. Und damit nimmt eine turbulente Geschichte ihren Lauf!

Heike Brandt

Katzensprünge

Roman, 244 Seiten (ab 10), Gulliver TB 78628

Für den elfjährigen Dirk ist die Welt in Berlin nach dem Umzug überhaupt nicht in Ordnung. »Bloß cool bleiben!«, sagt er sich. Dann lernt er Paul kennen, der trotz seiner Hautfarbe urberlinerisch spricht, und dessen Schwester Amina, die sich nichts gefallen lässt. Dirk findet sich immer besser zurecht. Doch da passiert die Sache mit Markus …

Dagmar Chidolue

Der Klassenclown

Roman, 152 Seiten (ab 10), Gulliver TB 78616

Seit Anton Pochatz mit seinem komischen Anzug und dem riesigen Gebiss in Jettes Klasse geht, sind die öden Zeiten vorbei. Denn der Pochatz legt sich mit jedem Lehrer an, besonders aber mit Herrn Striezel. Deshalb endet die Klassenreise in einer Katastrophe … und Jette, Walli, Meik und die anderen müssen sich entscheiden, zu wem sie halten.

GULLIVER

www.gulliver-welten.de

Beltz & Gelberg, Postfach 10 01 54, 69441 Weinheim

Gery Greer / Bob Ruddick

Die Insel ist zu klein für uns vier

Aus dem Amerikanischen von Ernst Bär
Abenteuer-Roman, 144 Seiten (ab 11), Gulliver TB 78990

Scott Wilson und sein bester Freund Pete haben einen großartigen Plan. Ganz allein wollen sie eine Woche auf der Schildkröteninsel campen. Doch es läuft nicht nach Plan. Schlimm genug, dass sie schon bei ihrer Ankunft ihr Kanu kentern lassen. Aber dass sie dabei auch noch von zwei Mädchen beobachtet werden, das ist dann doch zu viel …

Kirkpatrick Hill

Indianerwinter

Aus dem Amerikanischen von Susanne Koppe
Roman, 180 Seiten (ab 10), Gulliver TB 78325

Starker-Sohn kann es kaum erwarten: Er und seine Schwester werden den Winter mit Natascha, der alten Indianerin, im Winterlager im Hohen Norden verbringen. Die beiden lernen wie man Essensvorräte anlegt, Eislöcher schlägt und sich vor dem Erfrieren schützt. Es werden harte Wochen, – vor allem, als auch noch Nelson mit seinem Hundeschlitten auftaucht und Hilfe braucht.

Blake Nelson

emmaboy tomgirl

Aus dem Amerikanischen von Friederike Levin
Roman, 224 Seiten (ab 11), Gulliver TB 74110

Seit Emma Baker und Tom Witherspoon aufs Gymnasium gehen, ist es aus mit der Freundschaft. Endgültig. Emma findet Jungs einfach nur doof und für Tom sind die Mädchen nichts als gackernde Hühner. Doch dann passiert die Katastrophe: Nach einem heftigen Zusammenstoß stecken Emma und Tom im jeweils anderen Körper …

Rebecca Rupp

Sagamor

Aus dem Englischen von Anna Blankenburg
Roman, 320 Seiten (ab 10), Gulliver TB 74116

Die Welt der kleinen Völker ist bedroht, seit das Wasser in den Flüssen versiegt ist und die Pflanzen verdorren. Nur einer kann die Katastrophe verhindern: der Sagamor. Aber wer ist dieser Sagamor? Ist Quap vom Stamm der Fischer dazu bestimmt, ihn zu finden? Er begibt sich auf eine lange, abenteuerliche Reise und gerät dabei immer wieder in höchste Gefahr …

www.gulliver-welten.de
Beltz & Gelberg, Postfach 10 01 54, 69441 Weinheim